JULIA DONALDSON
DAVID ROBERTS

TIRANOSAURIO
SOSO

Para Suzanne Cornell y Chris Inns

Puedes consultar nuestro catálogo en www.picarona.net

Tiranosaurio Soso
Texto: *Julia Donaldson*
Ilustraciones: *David Roberts*

1.ª edición: marzo de 2018

Título original: *Tyrannosaurus Drip*

Traducción: *Raquel Mosquera*
Maquetación: *Isabel Estrada*
Corrección: *Sara Moreno*

© 2007, Julia Donaldson por los textos
© 2007, David Roberts por las ilustraciones
Primera edición publicada en 2007 por Macmillan Children's Books, sello editorial de Pan Macmillan,
una división de Macmillan Publishers Int. Ltd.
(Reservados todos los derechos)

© 2018, Ediciones Obelisco, S. L.
www.edicionesobelisco.com
(Reservados los derechos para la lengua española)

Edita: Picarona, sello infantil de Ediciones Obelisco, S. L.
Collita, 23-25. Pol. Ind. Molí de la Bastida
08191 Rubí - Barcelona - España
Tel. 93 309 85 25 - Fax 93 309 85 23
E-mail: picarona@picarona.net

ISBN: 978-84-9145-127-3
Depósito Legal: B-24.654-2017

Printed in China

JULIA DONALDSON
DAVID ROBERTS

TIRANOSAURIO SOSO

 Picarona

En un pantano junto a un río, donde la vegetación es abundante,
vivía una manada de hadrosaurios que paseaban río adelante.

Y ululaban: «¡Arriba los ríos!», «¡Arriba los juncos!»
y «¡Arriba los atracones de jugosas plantas que nos damos juntos!».

Pero al otro lado del caudaloso río, en una colina frondosa,

vivía un cruel tiranosaurio con su horrible y espeluznante esposa.

Y gritaban: «¡Arriba la caza!», «¡Arriba la guerra!»

y «¡Arriba los atracones de hadrosaurio que nos dejan la barriga llena!».

Pero los dos tiranosaurios, espeluznantes, crueles y sanguinarios,
a los hadrosaurios no podían atrapar porque no sabían nadar.
Y murmuraban: «¡Abajo el agua!», «¡Abajo la humedad!»
y «¡Qué pena que los puentes no se hayan inventado ya!».

Pero una pequeña compsognathus

(aunque para abreviar la llamaremos comp)

robó un huevo de hadrosaurio que en un nido junto al pantano encontró.

Y con él se fue nadando,

y con él echó a correr,

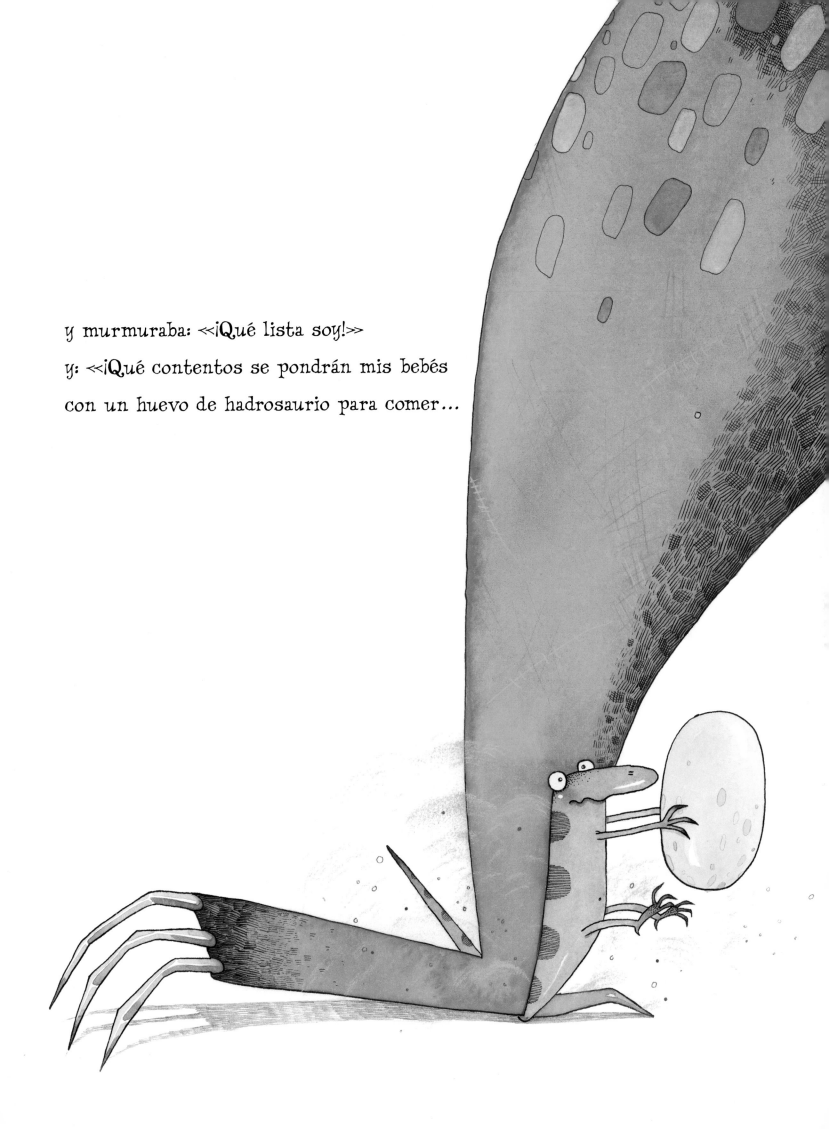

y murmuraba: «¡Qué lista soy!»

y: «¡Qué contentos se pondrán mis bebés

con un huevo de hadrosaurio para comer...

...HOY!

Aterrada, soltó el huevo
y corrió para salvar su vida,
huyendo del tiranosaurio
y de su horrible esposa querida.

El huevo de hadrosaurio se fue rodando, y al final se fue a detener
en el lugar menos pensado: el nido donde el tiranosaurio tenía a sus bebés.

La madre tenía grandes fauces
    y unas patas gigantes,
pero su cerebro era muy pequeño
    y no vio que había más huevos que antes.
Y cantaba: «Asomad, terrores míos,
    vuestras escamosas colitas,
vuestros puntiagudos dientecitos
    y vuestras aterradoras uñitas».

Del huevo uno y del huevo dos
    salieron unos perfectos bebés,
pero la madre quedó horrorizada
    cuando vio al bebé número tres.
Y refunfuñó: «Parece debilucho»,
    «Se le ve raquítico»
y «¡Qué brazos tan largos!
    ¡Y mira, su boca parece un pico!».

«Necesita alimentarse», dijo el padre,

   y llevó carne a los bebés.

Los dos primeros tragaron y engulleron,

   pero el tercero se negó a comer.

Y dijo: «Lo siento mucho»,

   «No soy capaz»

y «Esa carne tiene mal aspecto.

   Una planta me gustaría más».

«¡UNA PLANTA!» «¡No nos pongamos nerviosos!», gritaron los padres.

Sus hermanas le pusieron un apodo: «¡Tiranosaurio Soso!».

Y gritaban: «¡Arriba la caza!», «¡Arriba la guerra!»

y «¡Arriba los atracones de hadrosaurio que nos dejan la barriga llena!».

El pobre Tiranosaurio Soso intentó cantar con ellas,

pero todos le gritaban: <<¡Cállate, Soso! ¡No te sabes bien la letra!>>.

Pues ululaba: <<¡Abajo la caza!>>, <<¡Abajo la guerra!>>

y <<¡Abajo los atracones de hadrosaurio que nos dejan la barriga llena!>>.

Las hermanas de Soso crecieron rápido e iban a cazar con papá y mamá,
pero a Soso le dijeron: «No eres lo bastante feroz para venir a cazar».

Y él lloraba: «¡Me han dejado solo!», «¡Ay de mí!»
y «Siento que ésta no es mi casa, ¡voy a escaparme de aquí!».

Así que corrió hacia el río, donde encontró algo hermoso,

una manada de hadrosaurios que ululaban llenos de gozo.

Y ululaban: «¡Arriba los ríos!», «¡Arriba los juncos!»

y «¡Arriba los atracones de jugosas plantas que nos damos juntos!».

Y allí junto a la orilla, sintió una repentina necesidad,
así que se zambulló en el agua ¡y descubrió que sabía NADAR!
Los hadrosaurios fueron a saludarle a la orilla del caudaloso río,
y ulularon: <<¡Qué alegría verte!>> y <<¡Toma estas plantas, amigo!>>.

Y Soso, que estaba encantado de que no hubieran salido corriendo,

se dio un atracón de plantas y con ellos pasó el día jugando y riendo.

Entonces miró hacia el río y les preguntó: «¿Pero mis ojos qué ven?

¿Quién es esa criatura del agua?». Y riendo le dijeron: «¡Eres tú! ¡Fíjate bien!».

Esa noche hubo truenos y relámpagos,

la tormenta un árbol derribó,

y cayó atravesado sobre el río,

y los tiranosaurios gritaron: «¡Yupi! ¡Ale-hop!».

Y gritaron: «¡Arriba la caza!»,

«¡Arriba la guerra!»

y «¡Arriba los atracones de hadrosaurio
que nos dejan la barriga llena!».

Las hermanas de Soso se subieron al puente,
pero cruzarlo costaba mucho trabajo,
pues delante de ellas apareció Soso gritando:
«¡Cuidado! ¡Mirad ABAJO!».

Y miraron hacia el agua, y las dos soltaron un grito.

Una chilló: «¡Monstruos acuáticos!», y la otra chilló: «¡AUXILIO!».

Su madre gruñó: <<¡Qué tontería!>>,
y caminó por el árbol hacia ellas.
Entonces miró hacia el agua
y exclamó: <<¡Rayos y centellas!>>.

Las tres se echaron a temblar,
y el padre dijo:
<<¡No nos pongamos nerviosos!
¡Sois todas igual de ñoñas
que Tiranosaurio Soso!>>.

Fue hacia el puente mofándose
a zancadas:
<<Seguro que han exagerado>>.
Pero cuando miró hacia el agua...

saltó en el aire sobresaltado.

Y cómo ululaban los hadrosaurios cuando con un golpe aterrizó,
y por la mitad el árbol partió...

...y cuatro
tiranosaurios cayeron al agua,

¡CHOF!

Y agarrados a un tronco,
sin parar de balbucear,
cayeron cascada abajo
hasta llegar al mar.

Los hadrosaurios, todos a una, ulularon felices: <<¡Hip, hip, hurra! ¡Bravo por el heroico **Hadrosaurio Soso** y por su bravura!>>.

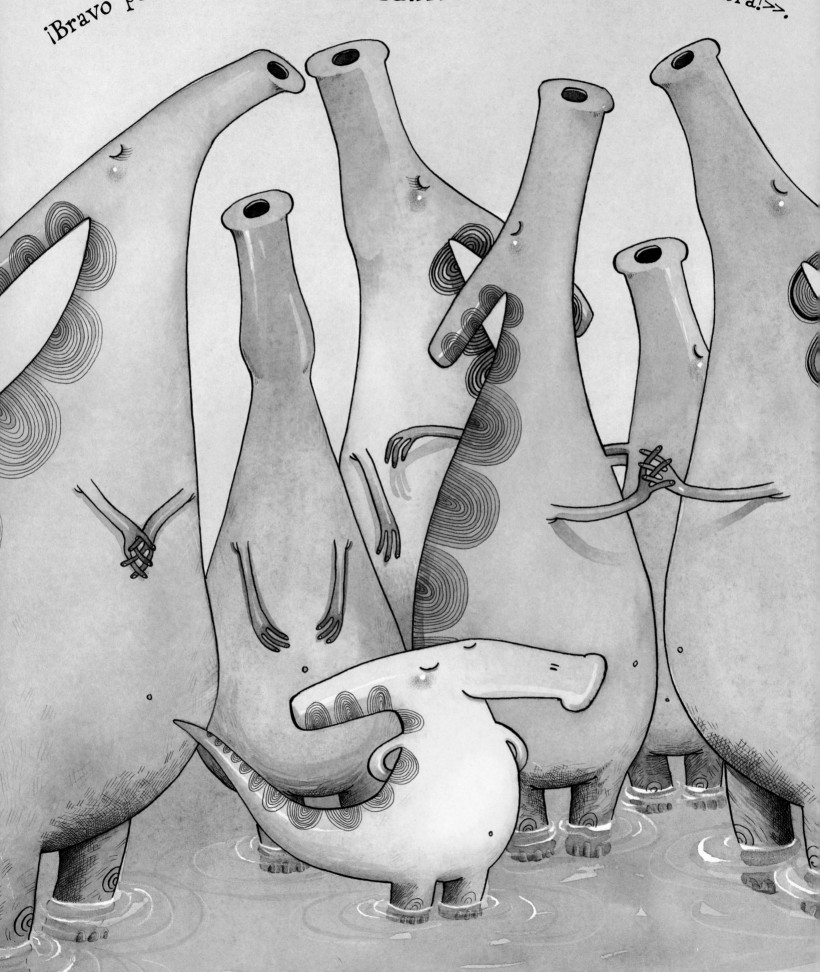